# 幸運的罪

隱匿

# 幸運的罪

目次

**幸運的罪** 205

# 序——孤獨是幸運的罪

「幸運的罪」典出《彌撒經》之〈逾越頌〉，本意是讚頌天主救人的計畫深不可測，經由基督之死抵消了亞當的罪，反令世人獲得如此偉大的救世主，於是稱此為「幸運的罪」。而西蒙・韋伊則進一步將此與柏拉圖對話錄中提及的神話並讀，並延伸其含義：眾神為了懲罰放縱傲慢的人類，將原本完整的人一切為二，此後人們驚惶無依，永遠在找尋失去的另一半。然而對少數人來說，儘管這是罪，卻是一種幸運的罪，因為孤獨以及生來的缺憾，我們反而得到了新的可能，有機會成為更美善的存在——亦即與神合而為一。

讀到這樣的想法，我拍桌而起，震撼到幾乎連人形都為之潰散的地步！但就像所有的成年人一樣，我之所以反應如此劇烈，或許並非這想法有多麼新穎，而是因為，韋伊將我腦子裡模糊的想法準確而清晰地化為文字了。（換言之，成年人很難接受與自己相左的想法，大多視而不見，更糟的是曲解後據為己用，至於我是不是這樣呢？我真的不知道……）

儘管並非教徒，但一直以來，我對天地心存敬畏，對文學懷抱信仰，因此，與敬仰的存在合而為一，自然是此生最大的願求。於是，韋伊的文字有如來自我的內心，一瞬間便擦亮了眼前的夜空——當下我明白了：這就是第七本詩集的書名。

事實上，不僅是孤獨，我進行至此的人生——貧、病、蠢笨、與貓相伴、寫作為生——全是我所願所求。性格造成命運，內心的願望亦然，儘管示現方式超乎預期，抵達的路線不在地圖上，但回頭一看，我的每一所求確實都如願了，我所信仰的存在，慈悲地在順服者面前，鋪展開一條無法重複，卻又像是早已重複過許多次的道路。

多麼幸運啊，我的命運是罪的顯示，也是我所願求。而此刻時間來到了這裡，二〇二四年春天——意外發現罹患第二種癌且再次經歷手術與放療之後，日子繼續——幸運撿回一條小命的我企圖銜接，同時又渴望拋開前面的六本詩集，完成第七本。在這之間一如往常地經歷了各式各樣的地獄：自我折磨自我鞭笞自戕自虐自我懷疑且不時遺失了詩的鑰匙……但終究在寫詩是如此快樂就算只是自爽又如何的半勉勵半放棄中，持續書寫著。

但似乎，總是有些小小的改變吧？上一本詩集我曾坦承自己已然老去：「老化的定義在於對未來的恐懼多過於好奇。」但此刻的我，卻可以看見前方仍然存在著未知的光亮，仍然相信我追求的那首詩，有可能即將被寫出來……我甚至感覺已跨過了某個門檻，來到此生從未抵達之處，而這樣的改變，是愛貓蓓蓓教我的。而今我總算明白了，世界的永恆，不是人類的愚昧和邪惡所能破壞的，然而，再偉大的善行和創作，也不能使其更加完美。

務實一點來說，每一本詩集都有超越前作之處，但也都有失落之物，有些詩是再也寫不出來了，但將來我能寫出完全不同的作品，這樣不好嗎？不管把這看成懲罰或是禮物，對於時間都無增損。更何況寫詩或說信仰，應該不只是一人一生的事。

於是，一個結論來到眼前：難道說，活著，即是一種幸運的罪嗎？我怎麼會有如此天真樂觀的想法呢？這真是難以想像的，在各種懷疑與恐懼夾擊之中，此刻的我的心底，竟還能湧出一種莫名的幸福感，而那滋味就像是——如人飲水，去冰微糖。

# 自由肉體

# 遍在

我在的地方是
這裡

這裡有
陽光和綠蔭
蟬噪蟲鳴

這裡有
時間的錯置
細節的無限放大
腦迴裡的

記憶糾纏

我不在的地方是
那裡

那裡有你
有你的
另一個名字
意思是世界
從未存在

那裡
什麼都有

影子背後的影子
深淵裡的深淵

天空之外的天空
從不在與遍在之間
鏡照
從安靜滿盈之間
聽見

# 群青／臨暗

盛夏傍晚
即將入夜前的
那一瞬間

一種微妙的
群青藍
從天而降

那是一種
無與倫比的藍
那是一種

決定性的藍

在那一瞬間
秒針跳動彷彿
和曾經的每一秒
都不一樣

我的心跳彷彿
也和過去的每一次
都不一樣

群青藍隨著
最後的光消逝
世界落入了
黑暗

一刀兩斷
毫無轉圜的餘地
那個我深深恐懼的
離別的時刻

已經來過
並且遠離

・蓓蓓，二〇〇九—二〇二一・七月・二十傍晚，於睡夢中安詳離世。

# 阿嬤與蓓蓓

同樣的事
相隔四十年之後
再次發生

我握住阿嬤痙攣的手
聽著她說出最後一句話：
「死死咧卡快活。」

我抱住蓓蓓依然柔軟
而溫暖的身體
往動物醫院奔跑

醫生們搖搖頭
表達遺憾：
「她們的靈魂
已經離開了。」

即使我們從未許願
一顆隕石終究忍不住
劃破了這堅不可摧的
大氣層

一舉擊潰了我們
安居其間的家園
永恆不變的世界

灰塵與光

沉埋的意識
重新揚起
組合與旋轉——
誰將要發現它？
誰應該為祂命名？
我的手還記得
當年抓不住的東西

・我的阿嬤與愛貓蓓蓓皆因心血管疾病而猝逝。

# 蚯蚓宣言

從這棵芒果樹底下
出發吧
我的小貓咪

帶著一部分的我
去看看
宇宙的盡頭
地心裡的晚霞

而我也會帶著
一部分的你們

留在這裡
辛勤挖掘
合身的歸宿

一半在地底下
一半觸摸著天空

我們的根系相連
我們的夢境
向彼此敞開

我們的星
越過漫長的
漫長的光年
而從未離開過

# 此一豐美的圓

・將甜粿和蓓蓓兩貓的骨灰埋在芒果樹下，半年後，矮小的樹上竟結出兩顆芒果，我相信是牠們回來報平安了。

# 三個字

在許許多多人物龐雜
情節混亂的夢的行進之中
一張米白色的稿紙
以草綠色細線規列出
一畝田園

許多文字在此流過
始終無法停駐
直到出現了
那三個字

包含了主詞、動詞與受詞
而今僅能以夢囈形態存在的
那三個字

黑色、手寫
深刻、熱烈
筆直地
往下
扎根——

在晨光中
我聆聽著
此刻的現實
是如何溫順地
包覆與盛接

# 成為夢的回音

・夢見蓓蓓。

# 雨盾與詩矛

因為一場豪雨
將現實隔離在外
於是早上那個
阿比查邦式的夢
以及幾天前才
離世的貓

來不及離開
留在了
我的身旁

夢裡的獅子仍酣睡
於亂石雜樹的院子裡
我知道祂將帶走我
和我身邊的貓
只是時候未到

我對祂的恐懼
肯定是有的
但我想親近祂的
渴望或許更多

貓咪仍和生前一樣
思索著艱難的問題
那永遠無法決定答案的
尾巴款款擺動
輕輕觸碰著

我的臉頰

彷彿一隻慈愛的手
溫柔地拍撫著
不願醒來的我

我知道一切
都將消逝
只是我曾被這場雨
錨定於這首詩的
時間不會結束

# 無去

𪜶開始
這個世間
是由咱寶惜的物件
來組成矣

沓沓仔
遮的物件煞來
一項一項
無去矣

遮的物件無去的時陣
親像嘛共咱的一部分
紮走矣

## 不見了

華文試譯

最初
世界是由我們寶愛的
事物所組成的

慢慢的
這些事物卻一件一件地
不見了

它們不見的時候
似乎也將我們身上的某一部分
帶走了

慢慢的

沓沓仔
咱的身軀
那來那輕
那來那通光

強強欲無法度
徛佇咧塗跤

毋管咱是感覺輕鬆
抑是空虛
攏仝款

反正世間是公平的
總有一工
咱嘛會完全消失

我們的身體愈來愈輕
愈來愈透明
幾乎就快要不能站立

然而
不管我們是覺得輕鬆
或者空虛
都一樣

世界是公平的
總有一天我們也會完全消失
不見

或許到那時
我們將會明白
來到世上一遭

無去

無的確
到時陣才知影
咱來世間一逝
是佇咧耍對換的𨑨迌
將咱寶惜的物件
和這個世間交換

猶毋過
咱換到的物件
攏是別人看袂著矣

敢若是十五歲的時陣
拄著的彼片雲海
抑是和所愛的貓仔

是在玩一場交換的遊戲
要將我們寶愛的事物
和這個世界交換

只不過
我們換來的事物
都不是肉眼可見的

比如說十五歲時遇見的
那片雲海
和愛貓共享的
那些夢境

當然還有詩
人們可以看到詩
卻看不到我們寫詩時

作仝款的夢

益閣有詩
別人看會著咱的詩
看袂著咱寫詩的時陣
彼種歡喜

所以講無的確
等甲咱歲壽到矣
彼一工
越頭看

咱寶惜的物件
已經充滿著彼个
咱無去的世間矣

那種快樂

所以說或許
等到命定的那一天
終於來到
回頭看最後一眼
才發現

我們寶愛的事物
已經充滿了那個
減去了我們的世界

# 怎麼可能

# 是吧

一大早
貓吐了
我匆匆
告別夢裡的白馬
和牠背後的星空
趁颱風未來以前
洗了被子
晾起來的時候
我發覺
那匹白馬
也來到了眼前

・

樣子背上的花紋是一匹白馬。

# 你的樣子

意識到因長得好而得名「樣子」的你
也不敵時間的侵蝕變成小老頭的那一瞬間
從我心底湧出了各式各樣複雜的情緒
那是對你的心疼
對於時光流逝的感傷
還有失去的恐懼——

我想起你每個時期的樣子
稚嫩而怯生生的樣子
體重創街貓記錄之後那輝煌的樣子
僅僅一片落葉就能讓你魂飛魄散的樣子

街上巧遇時豎直尾巴衝過來將我撞倒的樣子
將你從廢墟帶回家時那驚喜萬狀的樣子

但或許最好的就是現在這副樣子吧？
儘管已是滿嘴粉刺、胸口濕疹
因拔牙而臉頰不再飽滿的樣子了
然而正因我們共同經歷過的所有
甜美艱辛絕望以及失去
才有了你現在的樣子——

如此一想
我的感傷便慢慢地化為欣慰了
欣慰於這個一無是處的我
總算也把屎把尿地
照顧你們幾隻貓到老了
而你正是陪伴我最久的一位

儘管你不會在意顏值甚至存在與否的問題
然而是我曾見過且珍藏於心的你的樣子
一點一滴成為你而且

未完待續——

# 漂漂的認知（我不敢說是障礙）

每天早上我起床
或者只是從客廳走回房間
對牠來說都是久別重逢
都必須鄭重而熱烈地
扯開喉嚨表達歡迎

在牠看來
我存在最大的目的
就是放飯且必須在牠用餐時
摸牠且佐以沒完沒了的奉承與讚歎
儘管我身分低賤但這時刻

對牠來說也是珍貴的
牠從不吝於表達稱許
（或者不滿）

我每一次發出聲音
講電話、自言自語
或者只是打噴嚏
牠都認為我是在跟牠說話
（在牠看來這裡只有我倆
其他貓是低等生物）
我若不是在詢問牠的意見
就是在徵求牠的同意
因此牠有義務必須盡快
且詳實地回答

每天牠忙碌不休日理萬機

佔據跳台制高點怒罵窗外鳥雀蚊蠅
阻撓低等生物過上不符身分的好日子
蒞臨之處無一不是
牠耀眼的舞台
（自帶 echo 乾冰旋轉燈爆破音效）
上達九重天下至第十八層地獄的
首席神高音
至高無上甚深之
世界秩序控制者
……

「不對！」
這時牠糾正了我的發言：
「是宇宙。」

# 矛盾的連接詞

這樣的日子還能
持續多久？
每一天

陽光回來
在地板上描繪著
同一扇鐵窗

貓咪也依然在被子上
進行著慣例的
睡前踏踏

那早已不存在的母乳
仍持續供應牠
生命的養分*

但我能看見
牠周遭的世界
正在逐漸地逸失
色彩與輪廓

眼皮底下的
蜉蝣生物

吹風機裡的
鬣狗咆哮

塵埃飛揚
星系運行
這樣的存在還要
持續多久？
儘管

我能做我自己
然而我只能
做我自己

以軟弱的四肢
無法獨立存在的
幾個字

試圖推開這牢

# 不可破的四壁

・幼貓時期以前腳推擠母親乳房以分泌更多乳汁的動作，有些在成貓後仍會持續一輩子，俗稱「踏踏」。寫給長年服藥的咖哩。

# 空谷回音（毛毛的）

一瞬間
就來到了
凶險的海岸邊

雷雨切開天空
巨浪擊碎了礁岩
湍猛的漩渦
將你和你所擁有的全部
捲入
它的內在

如果你曾經完整
你必須粉碎
如果你擁有形體
你必須交回
直到你失去了

一切
骨肉和血淚
渴死與求生之心
業以及願
然後

它才還給妳
幾朵鹽花
泡沫與漣漪
並不寂靜的

星空
當你將耳朵貼上
一隻貓咪正
呼嚕呼嚕的肚皮

・寫給咖哩。

# 頭毛

有天突然在鏡子裡發現：我的白髮、黑髮以及染過的紅髮斑雜混生著——難道，不正是一隻三花貓嗎？那黑白紅的圖案配置，甚至會隨著時間和夢境而改變——這，不美嗎？

我試著將這濾鏡套用在滿街的行人身上，啊，每一顆頭顱都美極了：耀眼的黑貓、傲驕的金吉拉、星空般的藍貓……而其中最性感的，是那些顫巍巍蹲踞的白貓，牠們多少摻雜了一點灰，露出些許粉嫩的肚皮，而將一雙清澈的眼——琥珀金、祖母綠、冰川藍——藏在流轉的風裡。

當然，我也沒忘了那些肉眼不可見的貓，曾歷經種種喧囂，最終歸於寂靜，謹將牠們雙耳的禪意，朝向明滅的光中。

# 成分

女人
（一半已入土之人瑞級老婦）30%
男人
（仍為青少年且莫名地熱血澎湃）20%
貓科動物
（三花貓佔多數）20%
木犀科植物
（大多純白微香）20%

其他無可名狀之微妙物質
（比如星光、夢境、髒話等等）10%

# 文法課

遺棄這個動詞
被遺棄在深淵裡

遺棄這個名詞
以鋒利的刀光鑄造而成

遺棄這個代名詞
被迫揹負起名詞犯下的罪

遺棄這個形容詞
到不了它渴望的所在

遺棄這個副詞
也迷失了回家的路

遺棄這個感歎詞
沒有足夠的驚嘆號可供差遣

遺棄這個連接詞
連接了主動與被動的雙方
永遠的

遺棄這個介系詞
在它之前與之後
僅有一片荒蕪

‧寫給遺棄貓狗的人類。

# 有貓就給讚

1.

說一個人像豬
是罵人
說一隻貓像豬
是讚美

2.

說一個人臭臉
是罵人
說一隻貓臭臉
是讚美

3.

貓奴抱怨他的貓
昨天又幹了什麼什麼壞事
其實呢
都是在炫耀

4.

在社群媒體上
貼貓的照片
什麼也沒寫
可得兩百讚
同樣的照片
配上一首詩
可得五十讚

5.

「打死你這隻貓！」
「我要送蚊子去醫院。」
經常把最恨的蚊子
講成最愛的貓
佛洛伊德說
世上所有的口誤
都是有意義的

6.

感冒的三隻貓
組成了鼻塞音各有巧妙的
喵管三重奏

7.

我累世的罪

以牠碧綠色的雙眸
靜靜凝視著我

・貓的台語讀作「niau-á」，蚊子的台語讀音是蠓仔「báng-á」，故經常出現口誤。

# 死後觀看

把「稍後觀看」
看成「死後觀看」
突然間便雀躍了起來
是的我想要在死後觀看
比如說沒有我之後的
第一個日出

只是我很懷疑
到時我的座位
會是在天上或者地下呢
我是不復存在還是

無處不在

當然我也想看看
是否有人會寫詩悼念我
會寫成怎樣呢
身為死人
我讀了會感動嗎
我還有眼淚可以流下嗎

如果有人
在社群媒體上貼出我的醜照片
我要怎樣去指責他們
我留言會有人相信嗎
還是我可以託夢
我在他們的夢中是白衣或黑衣
我恐怖嗎

還是說到了那個時候
我已經不在乎了
現在的我真的無法想像
那個不在乎美醜的我
死後也已經不是我的我

我快樂嗎
自由嗎
肯定比現在更美了吧
終於得到真正的
平安了吧

而我唯一無法在死後觀看的
便是被留在人世的貓
不管失去我以後
牠們是悲傷或者漫不在乎

我都不能去看
難道說愛就是自由
無能抵達之處嗎

然而
我又知道些什麼呢
我或許曾經死過
將來也會再死
至少一次
但是
現在活著

我修改這首詩
從冬天到春天
我把臉埋進貓咪香噴噴的毛裡
貓則回我以無盡的呼嚕聲

那時的我們
彷彿已不存在
又像是無處不在

那時的我們
即是自由

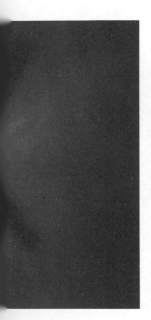

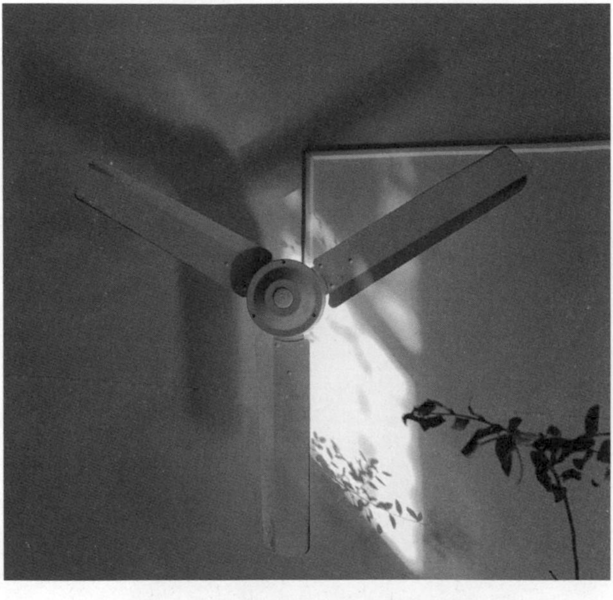

永遠失去
彷彿我們曾經擁有

在麻瓜們無法感應到的
極光迅雷交界處
以地球時間五十三年
終於穿越的

你與群星握手
彈響天琴星座
流星雨

# 獨角獸

・寫給林群盛（一九六九—二〇二三）。

# 虧伊歷山／迌南管

他們說南管
不只是音樂
也不只是一種
逐漸失傳的文化
或者

是一種語言吧？
在老家埕院間
壘成小山的鹽堆
仍在其敞亮的內在
保有了

海的語言
又或者

是風吧
幾乎無法察覺的風
擦過百年老福木
幽深的紋理
他的琵琶微微
顫動著
吹動一迅即
蒸發的水坑
與映照其上的
仙山縹緲
又或者

他就是天台山上

採藥的仙人吧？
從他指尖流出的
是天上一曲
而地上已歷
千年

是瓷色青花
霧墨留白
是一曲
虧伊歷山
來到人間
為我們將時光
偷偷轉換

・寫給南管大師張鴻明（一九二〇－二〇一三）。張鴻明原名「水坑」，東園老家以賣鹽維生，後定居台南，並成為文化部指定南管音樂保存者。〈虧伊歷山〉為南管曲名，敘述上山採藥遇仙女，未料返回人間已歷千年的故事。

# 在九槍之中

阿非：「從今以後，我會忘記一切，開始工作、努力賺錢。」

是什麼促使你
拋開過去的理想
放棄屬人的形體
剝除了一道又一道
文明加諸於身上的痕跡
魚一般赤條條
獸一般四肢著地
樹皮一般粗礪

菜鳥警員：「把他從車底下拉出來，他不會痛！」

是什麼促使你如此恐懼
面對無法溝通的空洞人形
你數不清手上的槍已擊出過
幾發子彈
那是警校沒有教的
是執勤經驗還來不及學會的
資深警員：「他中了九槍，你卻把流鼻血的先送醫？」

只因你不明白為什麼
眼前這具和我們相同的肉體
在血泊中仍持續向外投擲石塊
儘管已奄奄一息

阿非：「我不是一切，卻要做一切。不能頹倒，要站起來，繼續
往前走，要承受和犧牲，要繼續努力。」

是什麼促使你頹倒於地
永遠不再站起
儘管你本來奮發向上
願意為家人犧牲奉獻
是什麼促使你
成為奴隸

某移工：「我入境台灣之後立刻明白了——我就是奴隸——我本
以為現在已經沒有奴隸了。」

是什麼促使你以主人自居
將外來勞工視為即可拋的工具
是什麼促使你買賣人口磨刀霍霍

向著那無能抵抗的俎上肉
儘管你本來善良可親
虔信菩薩或上帝

阿非：「時鐘即將轉到寧靜的深夜兩點鐘，但你又怎麼知道，在那裡有一個人徹夜不眠。」

是什麼促使你在美好的週末夜晚
手持可樂和爆米花來到電影院
最後卻胃口盡失
甚至以手遮眼
就像過去已發生過無數次的
你轉開視線假裝沒有看見
巷口的流浪動物
鄰居的家暴
遠方的戰爭

阿非：「如果我在人生的路上跌倒了，媽媽，請原諒我。」

是什麼促使你寫下這首詩
當你全身發抖
抄寫與重組這些字句
直至最後一行
你就像死過一次那樣
跌倒在地
彷彿那時你同時
是刀與肉
是扣下扳機的手指
也是躺在血泊中的人
與他們的母親

・蔡崇隆導演的紀錄片《九槍》，紀錄越南籍阮國非（阿非）等許多位移工的故事。「」中的句子來自紀錄片。

# 至少你現在籠子外面了

我是多麼希望
柵欄外就是人類欠
你的非洲大草原

你仍有時間學會
樹林間的擺蕩
從巨石堆上眺望
掠食者和星光

我是多麼希望
成功捕抓到你的

只是獅群或花豹
而不是網羅與獵槍

自由對籠子內的你來說
是什麼呢？
愛對籠子外的人來說
是什麼呢？

我是多麼希望
自由與愛可以
不用透過死亡

・二〇二三・三・二七，桃園六福村一隻東非狒狒從籠中逃逸，在附近躲避追捕十八天，後遭桃園、新竹市府官員以及委託獵人等，以麻醉槍和獵槍射擊，漁網套住後未立即送醫，反與之擺拍炫耀，終於送醫途中身亡。

# 眾目睽睽

1.
我曾經拿著剪刀
走過一整片向日葵花田
終究因不敢滔天怒目
而無法下剪

2.
我曾笑稱一棵怒放的
加羅林魚木是妖花
而後突然頭痛欲裂
彷彿利劍穿過頭顱

3.
花開了
這個世界又睜開了
一隻眼睛

4.
花謝了
那隻眼睛仍然
看著我們
身後的
那個世界

# 趁亂告白

在緩慢的閱讀中跋涉
如一荒闊無邊的夢

我不由自主地想著
如果不是遭遇嚴重的病蟲害
你是我本該長成的模樣

而生命是
一
龐大的集體

我們是其分岔的枝椏
你向陽而伸展
光與水分子沒入
潮汐

曾經陌生的持有
接續著從海裡醒來的
感官編織

而我則將根鬚深入
另一片天空
以真菌封存
星塵

然則時光往復

# 鏡照

如一微中子
穿過整個宇宙仍未
遇見彼此

於是你手執幾縷
發光的線條
沿路拾來幾顆黝黑
沉默的字

讓風遍流其中
一支多孔洞的樂器
要我們向著所來處
閉眼

# 傾聽

．序宛璇詩集《感官編織》（小寫創意，二〇二一）。

# 母親的畫像

在黑暗的廚房裡
為了省電而不開燈的母親
跪在巨大的冰箱前
找尋埋藏於深處的
神祕事物

透過包著蔬果的塑膠袋
寶特瓶裝的各式飲料
沒吃完的晚餐剩菜
昏黃的燈光和憂慮
在她臉上游移

彷彿一幅古典主義油畫
描繪一位虔誠少女
跪在窗前祈禱
畫家賜予的一小片月光
照亮了她的臉龐

「希望阮後生發達大趁錢
孤身的查某囝緊揣著翁
孫仔攏平安勢大漢
莫閣嫌我煮的菜歹吃……」

突然
街上傳來少女的祈禱
混合著市長的叮嚀
「請逐家倒糞埽的時陣一定要掛喙掩……」

在太快起身導致的暈眩過後
母親匆忙奔出
漏掉了一袋廚餘
在黑暗的廚房裡

# 媽媽的時光機（二）

不知道媽媽的時間是從哪裡開始轉彎的？
可確定的是，那決定性的瞬間，我不在她身旁。
她曾驍勇善戰，為了一家生計披上戰袍：
能通宵繡完全校制服，每位學生的名字都工整漂亮。
能勇擒鐵馬賊，以凱旋之姿將遺失的單車騎回家……
然而現在，卻只要一點小事，就能將她擊潰——

她決心不再冒險，拒絕接受任何刺激。
即使是卡通片裡的凶殺案，也不行。
前方僅能有安穩與平靜——
三餐須營養均衡，飯後必刷牙（搭配牙線和牙間刷）。

每天步行（五千步），每週登山一次（二萬步）：
「既然遐爾愛爬山，為啥物毋規氣逐禮拜爬兩改？」
「因為遊覽車錢傷貴矣！」

超級節儉、令人髮指的節儉！
彷彿活著唯一的意義就是每天省下幾塊錢。
摸黑尋找鑰匙和錢包，最後發現在冰箱裡。
把一壺冷水放院子裡曬太陽後再燒開：
「一時仔就滾矣喔，按呢省偌濟瓦斯你敢知！」
煞費苦心地儲存生活用水，用於沖馬桶、灌溉菜園。
把下雨視為老天爺幫忙澆花、澆菜。

所有的美和榮譽都必須標價，否則不算數：
「媽你看，這張畫值幾若億喔！」
「夭壽喔，卯死！」
「媽，我得獎啊！」

「佬濟錢？」
「只是榮譽爾爾……」
「啥？無獎金嘛敢共人叫做獎喔？」
將無徵兆猝逝的蓓蓓視為貓中楷模：
「伊上乖，攏無開著醫藥費！」

經常被誤認為年輕人，為此樂不可支，四處向人炫耀。
垂涎於路上見到的每一位運動健將的小腿肚：
「遮若提來炕肉一定真好食！」
能徒手捏死跳蚤，能用掌風擊斃蚊子！
一邊切水果一邊哼唱老歌：
「一條歌我若袂曉唱，我就感覺伊無好聽。」

每當她唱起〈補破網〉，我就知道她在回憶往事。
爸爸在安寧病房的最後一段時間，他們總是合唱這首歌。
而爸爸也會對著媽媽唱〈我只在乎你〉：

「你會照顧我到最後嗎？」

媽媽笑著摸摸爸爸的頭：「當然啊！」

只是在此之後，媽媽的時光機因失去重心而翻覆了——

各種毛病上身，科學儀器檢查不出原因……

最後，一位老練的醫師判定這就是：憂鬱症。

媽媽的時間，是從那裡開始轉彎的吧？

一輩子的愛有多重？

在婚姻中交出自我以後，還剩下什麼？

那總是被緊緊握住的手，難道不曾想要逃脫？

這是我永遠無法體會的，老一輩的愛情。

後來，我從婚姻裡逃走了，再度回到媽媽的身旁。

只是此時，權力位階已徹底翻轉，她成了全然的弱者。

而我則高高在上，以自己的價值觀強加在她頭上：

「你已經七十幾歲啊，愛享受生活，毋莫閣遮爾儉啊啦！」

「毋過，盡量較儉一寡，敢無較好？」
每當我看不慣她的某些行為，為此而理智斷線——
通常是因為：我在那裡面看見了我自己。
原來，那是一種自我嫌惡。
有天當我對著她發脾氣，童年的畫面和此刻重疊了：
那是媽媽高高在上，對著幼小的我揮動鞭子的場景……

曾經，為了躲避這悲劇的輪迴，我從家裡逃走。
尚未成年的我，嚮往著去遠方追求自己也不明白的自由。
且堅決不生孩子，不讓這缺陷的基因延續下去。
然而，我終究回到了這個輪迴裡。
厚顏無恥地接受所有好處，且將一切不如意：
愚昧、怠惰、畏縮……全都歸罪於她給我的基因不好。

原來，我一直在重複著，同樣的錯——
只要身旁有人，不管是誰，我將我的失敗歸罪給他們。

而這一次在我身旁的人，既老且弱，無條件地愛我。
我不明白在這個世界上，為什麼會有這樣不合理的存在？
或者，造物主是以自己的形象，造出了母親？
她們成為生命的起源，受苦、遭到背叛、承擔全人類的罪。

於是我終於看見，我的時間，也在這裡轉了一個彎。
當我拿起湯匙，餵貓吃飯，媽媽也曾如此餵著我。
當我唱著兒歌，給貓梳毛，我同時享用著來自童年的搖籃曲。
儘管這樣的存在不合理，但我已背負起這一輩子的重擔。
我不曾離開過這個輪迴——
那不只是成為女兒和母親，也不只是一輩子。
從磷蝦、綠藻、火山灰、星塵……當我再次回到，所來之處。
我將會明白，什麼是真正的自由。

• 〈媽媽的時光機〉寫於二〇〇六年，收錄於二〇〇八年出版之《自由肉體》，此為續集。

**台語對話翻譯：**

「既然遐爾愛爬山，
為啥物毋規氣逐禮拜爬兩改？」
「因為遊覽車錢傷貴矣！」

「一時仔就滾矣喔，
按呢省偌濟瓦斯你敢知！」

「媽你看，這張畫值幾若億喔！」
「夭壽喔，卯死！」
「媽，我得獎啊！」
「偌濟錢？」
「只是榮譽爾爾……」
「啥？無獎金嘛敢共人叫做獎喔？」
將無徵兆猝逝的蓓蓓視為貓中楷模：
「伊上乖，攏無開著醫藥費！」

「既然那麼愛爬山，
為什麼不乾脆每個禮拜爬兩次？」
「因為遊覽車錢太貴了！」

「一下子就煮開了，
這樣省多少瓦斯你知道嗎！」

「媽你看，這張畫值好幾億喔！」
「夭壽喔，賺死！」
「媽，我得獎了！」
「獎金多少？」
「只是榮譽而已……」
「什麼？沒有獎金也敢叫做獎喔？」
將無徵兆猝逝的蓓蓓視為貓中楷模：
「牠最乖，都沒花到醫藥費！」

「遮若提來炕肉一定真好食！」

「一條歌我若袂曉唱，
我就感覺伊無好聽。」

「你已經七十幾歲啊，
愛享受生活，
毋莫閣遮爾儉啊啦！」
「毋過，盡量較儉一寡，
敢無較好？」

「這個如果拿來炕肉一定很好吃！」

「一首歌我如果不會唱，
我就覺得它不好聽。」

「你已經七十幾歲了，
要享受生活，
不要再那麼節儉了！」
「可是，能盡量節儉一點，
總是比較好吧？」

## 《病從所願》完稿後

把自己掏空之後
我
是被掏出來的那些
或者
剩下來的那些
或者
除此之外

# 命運的敲門聲

每隔一段時間
當我再次誤以為
現世安穩的時候
命運就會前來敲擊
我那扇脆弱的門板
以其震耳欲聾的
三短一長最強音

「在你的心臟和胸骨之間
出現了不該存在的東西
一般人在青春期過後

就會慢慢萎縮、消失
可是，你沒有……」

啊難怪
我總是如此幼稚、任性
獨自走在文明社會的邊緣
原來體內始終存在著這樣一處
青春的遺跡
中二病的實體

「那麼，我可以保留它嗎？」
彷彿接受了命運的委託
醫生將回答調高至最強音
企圖一棒將我打醒
或者將過去的我擊斃
「為免後患，強烈建議必須切除！」

於是當我走出診間時
已做好和青春告別的準備
只是仍無法想像
術後我將變得成熟穩重
像個符合實際年齡的成人嗎？

儘管我已從同樣的診間
走出過許多次
並且察覺
到目前為止
我所做的一切
曾罹患的病
寫下的字
都早已發生過

在我大哭著落地之前

在我的父母尚未相遇之前
在火熱爆炸的寒冷的另一邊

而就在此刻
另一邊的我也抬起了頭
望向那早已無法隱匿的所在
甚至說不清自己的心底
是否藏有怨恨

畢竟，我又能離開多久呢？
當我從全身麻醉的
幾行字中間醒來
回到衰朽的身體之內
我的心依然還
跳動著嗎？
那時我將會明白此刻

仍不明白的什麼嗎？

比如所有的樂音
都是和諧的
所有的字都在
該在的位置上
而所有的心跳
都是一致的
一致的

我的心跳
你的心跳
祂的心跳

原來即是
我們的心跳

# 術前禱告

不管事情將會如何
我都能接受

即使是不能照顧家貓到最後
即使是竟然還要投胎為人
繼續此生未完的折磨
我都能接受

因為我是
如此的幸運

總是能在懸崖邊緣
抓住一隻伸出的手
總是能在挫折之後
得到重新出發的機會
每一次擦乾的眼淚
下次照樣泉湧而出

我曾領受最真的情誼
欣賞過最壯麗的美景
即使那只是落在
地板一角的冬陽

在那一束光線之中
金色塵埃靜靜地
閃耀與旋轉
一如我也來自星塵

不會停止在永恆
時空中的旅程

這些全都刻劃在
我的心上
在我曾寫過的文字之間
有人喜歡我呈現的這些
有人懂得我沒能表達的那些

而我也聽到了
遠方有人
在為我祈福
近處則有貓咪們
全心全意的愛

正因為我是

如此的幸運
所以不管事情
將會如何
我都能接受
那命定的安排

## 醒來

第一個念頭：
啊——我還活著
沒有發生手術刀誤觸心臟的事件

第二個念頭：
貓咪——
我還能繼續陪伴你們

第三個念頭：
術前寫的那首詩
第二段和第四段都不對

不能那樣寫——

而後
一段旋律進來
那通常被稱為哀傷的曲調，
在我的意識中卻帶著輝煌的金色光芒
明明是弦樂卻成了敲擊樂那樣的光芒

彷彿必須戴上墨鏡才能聆聽的
這一段以身試險的人生與人身
——我回來了。

# 足夠的理由

# 原來愛星星是中二病症狀啊

★
居然能穿透那麼髒的空氣
來到這裡
一顆星星

☆
是你嗎？
如此耀眼閃亮的
我的母星
即使只是一顆
人造衛星

★

但是只要天上
還有一顆星
我便有了
來處和歸宿

☆

滿天繁星是祖先的眼睛
它們眨眼、落淚
於是我們無法離開此一結界
永遠。

# 原來愛月亮是更年期症狀呢

○
開窗驚見
一輪明月
啊原來
你也在這裡

●
滿月之夜
走在水泥叢林間
舉頭不見月
處處驚見月的倒影

○

文明的迷宮
金屬帷幕的
鏡花水月

●

月光從群樹之間
顯現出一座
生態蓬勃的
海底龍宮

○

「山月隨人歸」
不只是月亮
李白也跟在我後面

# 夢中的照片

1.
人們最喜歡的照片
是最不像自己的那一張

2.
必須遠方
必須異國
必須成為
另一個人

3.

如果沒有社群媒體
你吃飯還要擺盤嗎
旅行還會自拍嗎
曬恩愛給誰看

4.

最可怕的是
就連在夢中見到的美景
我也只想拍照
上傳臉書

5.

既然是夢

為什麼不更大膽一點呢？
因為每一個夢都是真的

6.
每一個夢都是真的
因此我偶爾也能
觸碰到祢

7.
寫了一首讓整個世界為之
閃閃發亮的詩
在夢裡

8.
夢中打來的電話：
「快醒醒！」

9.
知道自己所為何來
對此我感到顫慄畏服
又有點無聊

10.
在鏡子前嘆氣
究竟還要和這張臉
相處多久

# 阿宅就是酸

人們喜歡
某天早晨醒來
看見的是陌生的風景

沙粒柔細的海灘
沉浸在雲海間
如島嶼般的群山
都好

要不日式老屋
露天溫泉上有櫻瓣

無聲飄落
要不臥冰的海豹
北極光
都好

只要不是此時
此地此身
此老舊蒙塵的
窗與眼
都好

# 何者較難

外文詩
股市操盤
宇宙的意志
貓的第二外語

女友的化妝包
老公的手機密碼
和穿著大媽紫的阿姨
討論美學

在相應的位置上

# 問出對的問題
世界和平

# 都會區

1.
時髦的都會區
街友的打扮
比我還有型

2.
這個高貴的街區
依照我的存款
或許能住半年吧

3.
各式各樣的

笑容迎面而來
儘管症狀不同但
全都瘋了

4.
各式各樣的
臭臉迎面而來
顯示他們對我
別無所求
令人安心

5.
小孩打翻的咖啡
淋濕了爸爸的愛瘋
媽媽的鑽戒

# 接地氣

不得已使用了一次性餐具時
我安慰自己
沒關係
你離人間太遠了
偶爾也要接一下地氣
那以竹筷和吸管連接的

地是塑膠的地
氣是懸浮微粒
人間是每個人都待在
有冷氣的房間裡

# 在這個美麗的星球上

每一朵花
每一隻禽獸
都有漂亮的衣裳
唯獨人類沒有

為了遮住醜陋的身體
人們剝除牛皮
拔去鵝的羽絨
將小海豹活活打死
在這個
美麗的星球上

動物們各司其職
蝴蝶搧動著翅膀
果蝠將水果的種子帶到遠方
就連單細胞浮游生物
也為大氣層提供了足夠的氧

萬物存在都有意義
因此我相信
屬於哺乳動物的人類
一定也有
不然你說為什麼？

雨林以一分鐘兩個足球場的速度消失
冰山以每秒一萬噸的速度融化
北極熊媽媽找不到食物給小熊吃
失去棲地的象群闖入人類的菜園

海洋生物的肚子裡都是塑膠

至於那不貴重的
天上的飛鳥*
牠不眠不休
將獵來的蟲哺餵給雛鳥
一代又一代
生生不息
在這個美麗的
美麗的星球上

海洋擁抱著大地
乾旱、暴雨、戰爭、瘟疫
還有那數量早已超過負荷的垃圾
此刻科學家們正計畫著
將不該存在於這個美麗星球的東西

# 全都運到外太空丟棄

・《馬太福音6：26》：「你們看那天上的飛鳥，也不種也不收，也不積蓄在倉裡，你們的天父尚且養活牠，你們不比飛鳥貴重得多嗎？」

# 後來那個便當盒跟著我回家了

此刻
我想到的是便當盒
我想起我曾搭乘軟臥火車
從黃山到廈門嗎
還是哪裡

在車上我吃完一個便當
拿著空盒走了好幾節車箱
就是找不到一個垃圾桶

一位席地而坐

擋住通道吃便當的人
狐疑地望了我一眼
接著
他將手伸出車門外

啊他手上的便當空盒
就像獲得了全新生命似的
張開翅膀
熱切而激烈地
在黑夜的曠野中
飛馳而去

・寫於中國爆發白紙革命的此刻。

# 時代輾壓三部曲

1. 只是當時亦網然

網狂推
網讚爆
網驚呆

網嗆衰
網歪樓
網戰翻

網交

亡友
枉紅
魍魎
罔飼

網民殺人
网軍治国
網一面倒
網一片哀嚎

**2. 讀報恐噴飯**

洗牙恐喪命
喝水恐心肌梗塞
夜間盜汗恐染疫

太勤勞恐罹癌
腰痠背痛恐肌少症
睡不飽恐失智
吃益生菌恐敗血症
睡覺吹電風扇恐猝死
咖啡喝多恐感不幸福
陌生來電恐詐騙
滿臉堆笑恐傳教
未來人類恐長生不死
苦日子恐持續一輩子

## 3. 夕鶴超凶 Der

這不合裡鴨
逆天長腿

超凶北半球
蜜桃豚嫩妹
用過都說讚
（只要加「這物」
每天上廁所都要沖兩次
超～～有料 Der）
全台為一
追劇涼拌
瘋搶剁手還不買爆
讓我祝你一倍之力
家有一寶
老人有三好
（顧門鶴
顧囡仔鶴
夕鶴）
緊管時光衝衝

歲月不在（再啦淦）
你總是以讀不回
（當我塑膠膩）
因該只是很忙而以
請勿必回信
你是我醫生的愛
莫忘初中

# 永無止境的現在

# 早頓／早餐

早頓

反過來
又閣
反過去
油芳
煎規暝

煎到毋但
芳貢貢

閣小可仔
臭火焦
阮才來起鼎

將家己
囊入去
新的一工
伊彼口烏貓貓
閣袂搭底的
腹肚內面

**早餐**

翻過來又

翻過去
煎夜的
魚肚白

直至金黃
微焦
我才起鍋
盛盤

落入這
全新的一天
那深不見底的
肚腹之間

# 大厭倦

小小的折磨
逐漸的死
無聊的眼淚
寒酸的詩

毫無進展的生命形式
徒勞於厭倦的厭倦
看似花樣繁多然而畢竟只有一種的厭倦

塵埃對風的厭倦
露珠對朝陽的厭倦

鳥兒對天空的厭倦
水滴對海洋的厭倦

插座對裸露一半在外的插頭的厭倦*
形態對意識的厭倦運動對造神的厭倦
翻白眼對講幹話的厭倦
校正回歸對突破性感染的厭倦
網嗆衰網狂推網全跪了網軍與亡友厭倦的厭倦

厭倦的極大值
厭倦的恆河沙
厭倦的大爆炸
厭倦於厭倦的厭倦
沒有任何目光在底下回望的厭倦的深淵
厭倦的小宇宙元宇宙平行宇宙無邊無際屍骨無存厭倦的黑洞

・

一名十歲小女孩詢問人工智慧：「有什麼挑戰可以做？」於是得到這樣的建議：「把手機充電器插入牆上的插座一半，然後拿一枚銅板去觸碰露在外面一半的插頭。」

# 非常嚴肅而儉約的人生規劃

我的確很嚴肅地思考著，關於儉約的人生規劃。
雖然我最愛的顏色是深邃得像是來到想像中的宇宙盡頭那樣的藍，但我並不憂鬱，事實上我可能更接近綠，更接近透明。
更接近一無所有、一無是處、一敗塗地、一覽無遺——
不管怎麼說，我只是需要過著極簡或者你也可以說是極無聊的生活。
即使是挖空鼻屎供給房間裡的螞蟻每日所須，也在所不惜。
當然了我也需要此後永遠只投廢票了，和成為一個堂堂正正的廢人了。
住在一個垂掛壁癌的房間裡，有濕漉漉的靈感晾在浴室，和一個破掉的夢在颱風天。

當然必須其他的一切也都是破的，遭放射線破壞過的肺臟和碎過許多次卻莫名地仍在跳動的心臟。

憋著尿試想貓抓熱與破傷風的關聯，流星以及銀河系的腎結石——

「我從沒看過像你這麼笨的人！」總之就是這樣一個被工藝課老師責罵的我，至今仍無法穿過那一根潮濕且軟弱的籐條。

雖然我知道駱駝要如何穿過針眼，或者一隻穿過地表的鴕鳥究竟看到了什麼。

以及在珠算課中徹底失去的獅子的尊嚴，一錯再錯的偵探社團，迷路的馬拉松選手。

風穿過塔羅牌掀起一陣偶然的煩惱：關於亞當和夏娃的肚臍究竟存在與否？

究竟要選 AZ 加 mRNA 還是 BNT？還是我乾脆躲在家裡都不出門就好？

然而此刻，我該煩惱的是原本想寫的那首詩終於失控了——噢不，是它終於控制住了我——
啊！那曾顯影於我心湖的短詩是如此地淒美而閃耀著智慧的光芒，然而我已永遠地失去了祂——

啊！關於外甥女筆下那隻被車子輾過的鳥，和不知是否曾經存在過的青春小鳥。
是這樣子被歌劇詠歎調中的顫慄女高音唱出的：「如果生活中充滿笑話誰還需要喜劇片呢？」
雖然我也常常隔著不太堅硬的頭殼試圖摸索裡面可能存在的什麼——
雖然我也常常隔著堅硬的夜晚試圖抵達柔軟的枕頭——
而我也可能即將領悟：雖然輕生卻絕不厭世的我其實是如此地熱愛著生命——除了目前將我困住的這一個。
「等我把所有的貓都養死了以後，就可以從容赴義了！」像這樣井然有序的理財觀、不給人添麻煩的人生規劃。

還有忍不住要以手肘齊胸之姿發出的歡呼讚歎：「OMG!!!」
於是可以想見的葬禮和圍爐或者螢光棒造勢晚會也是差不多意思吧：「現在被燃燒的這個人的靈魂已經離開了。」
還有一句不可或缺的：「它活過！」
「TMD 也真的是夠了！」
「我再也不想見到你們了。」
掰。

# 業（障）配（送）蚊

或許
這就是真愛吧？

不管我走到多遠
藏得多深
你們總能輕易
將我辨認

即使身旁有人
且每一個都
鮮嫩欲滴

你們也只取一瓢
無限暢飲

即使在車廂內、音樂廳
紅燈秒數較長的十字路口
我也能從突然的急癢中照見
一枚酩酊飛行的
黑色月牙
「噢原來——你也在這裡！」

絕對不只是一種吸血蟲
你們是
美夢的鬧鐘
天使翅膀上的血汙
我曾浮現過的每一個
惡念的再現

攜帶著我的熱血
從文字間飛出
一舉將自我感覺美好的
詩人及其眼中的幻影
化為一場邪惡
暴躁的黑雨

我並不懷疑你們
擁有學習能力
不僅在校成績優異
有些還曾斬獲求生狩獵
欺敵等重大競技獎項

嫻熟於花式飛旋
善用保護色和掩蔽物
能在偵測到殺意的

瞬間位移
還能以脆弱的吸管
穿透厚實的褲子

甚至能悠遊於我的
耳膜和眼皮之內
毫無阻礙地進入了
我的蚊帳
與夢境

或許就連我的腦子
也遭入侵了吧？
否則為何我分不清
究竟是先有蚊呢
還是先有癢？

啊
那突然被喚醒的
腳踝手臂臉頰乃至
早已體無完膚的
激情狂喜
一次又一次
提醒著我

人身難得
我必須更為專注
將四散的意志
逐一收回

從那些我必曾造訪
而今遺忘的
最遠的遠方

最深的深淵
讓時間全然靜止
於此
當你他媽的又一次*
野蠻的進入

* 據說會吸血的蚊子都是懷孕雌蚊，故敬稱為媽。

# 別逼我我能說的吉祥話就是這樣

祝
是未來式
賀
是完成式
恭祝您遙不可期但有可能會到來的幸福
狂賀您已到手但不知何時會失去的幸福

# 背負之物

有些人有很多人生課題
因此他總是負重前行
披荊斬棘

有些人他本身就是
別人的課題
重擔和荊棘

# 夢境逃生指南

來吧
拉上這條星空一般
遼闊璀璨的被子
一起入睡吧

我來不及生下的孩子
無法陪伴到最後的貓
沒能成為的那個人

從流動模糊
尚未定型的線條之中

我們還有機會
修改錯誤的試卷
在相遇之前轉彎

抓住極光與蜃影
跨過宇宙的邊界
從反方向
全速遠離

# 不眠之夜是為誰而準備的呢

三隻波赫士的奇幻動物
幾首翻譯為外星文的默溫
我猜謎解謎牙牙學語
以即席創作的方式閱讀
如此仍然不夠
撫平我的眼皮

然後是黑暗中播放的往事
曾經的友誼虧欠的算盤
悔恨的玫瑰花瓣
且試圖以貓籠和貓糧

圈養彩虹彼端的長尾天堂鳥
最後是一篇無與倫比的小說
它將永遠不會化作文字
而是維持原來的樣子
星星的夢

# 我的群集

徘徊於各層次意識之間
種種可能的我群集

已然死去的
從未出生的
聰明又快樂的
手持鮮花或者利刃

迷失於每一個轉角
在每一間廚房裡燒壞鍋子
或從每一張床上醒來

而尚未確定
我是誰

# 你和我

一定有過許多
這樣的時刻

時間停止
你察覺到自己曾經
來過這裡
無數次

即使你堅稱
這裡
只是幻覺

你虛擬的身體
仍然擁有了一個鮮明而
確鑿的空間

其形狀恰似你而且是
全部的你

一匹輝煌的獨角獸
與牠背後的
燎原星空

滿天極光如瀑
閃電劈開了
顯現其間的巨樹

虹彩碎滅

累累的果實與
鳥巢落地
你的足印於是
和我的重疊

# 毀壞之物

Where
曾經美好的事物如今
到哪裡去了呢？

Why
為什麼這樣的事情會發生
在我身上？

每一個問句向內
提取眼淚
從每一顆淚珠湧出

一位悲劇演員

盛裝且面容哀戚
從遠方來而不問
目的地

演員們忠於劇本
和上帝一樣
不擲骰子

他們拋擲淚珠
小丑的彩球
誓言必將劇情推往
那命定的悲劇

然而淚珠滾燙

宇宙膨脹
死去的星光點亮了
一重又一重
眼瞼內的黑暗

終於
從觀眾席
那巨大的沉默中間
驟然驚醒的掌聲
降下如雷霆

# 0.018 秒

# 時間是小偷

我在日曆寫下
每天的待辦事項
我在每一首詩底下
標註完稿的時間

每一天和每一首詩
都曾擁有友誼與讀者
後來又失去了
回到最初與本來

荒原走不到盡頭

我從遠方抵達遠方
除了崇敬的祢
我無法向誰
證明自己

時間是幻覺
時間是小偷
但我也曾
向時間偷來許多
閃耀的名字
不滅的星

# 結束與開始

有時我仍想念著
那扇無法搬遷的窗景
有時我也懷疑著
眼前這片
南方的天空

更加濃烈的日照
租借而來的四壁
付費的電光石火與
自願的孤獨

這個世界
建築於
塵埃之上
於每一個嘆息之間

而分子轉換
意識流動
今天
斜斜探入室內的陽光
又更換了新的角度

沒有什麼能
留在原地
唯有一再
仰望的星月
從心靈獲得的一切*

以書頁闔起的姿態
重新開始了
新的生命

・

「我們在這裡唯一能擁有的，就是從心靈獲得的一切。」——艾莉絲・孟若。

## 「這，就是我想要的答案嗎？」

擦過地板
摺疊完貓咪和我的衣物之後
抬頭望著窗外
天空被各式建物
（大多醜陋）
切割成碎片

萬花筒
以其無可抵禦的時間
旋轉著可見與不可見的
晨昏

此刻
問句浮出腦海
接著是更多的問句
以及懸掛於後的那些曲折
破碎的問號

以不屬於它們的意志
永不厭倦地湧現
在四壁間碎滅——

總是遮蔽萬物
將理所當然的前景
帶向未知

卻也支撐著跛行者
在深淵裡指引

流星的方向
——儘管
只有一瞬間

呼喚
得到了應答
問號化為（閃閃發亮的）
驚嘆號

# 陽光依舊

新居附近的苦楝
散發出記憶中的香氣

鄰居的背影
與舊愛重疊

街頭巧遇的貓咪
以一個思念的名字
呼喚牠

還有此刻

浮在天空中的那朵雲
早已收藏於相簿裡

翻開每一本新書
彷彿都曾經讀過

甚至就連在夢裡
也已搭建不出新的場景

在老去的人與
陳舊的世界之間

所有發光的事物
隱藏於自身的影子裡

# 新年

每年一月
就去看紅花風鈴木
還有苦楝樹累累的果實
那滿開的粉紅之喧鬧
那搖響於枝枒間的金色鈴鐺
是蜂蝶禽鳥圈的流水席吧？

藍天之上雲朵散落
如絮如蜜

每一年

仰看花樹的我
都覺得自己和去年
似乎有點不一樣了
但除了老去之外
究竟還有哪裡不一樣呢？

比如說
這一年我終於稍微懂了
那隻吵鬧不休的
貓的訴求

比如說這一年有些字
輾轉回到了心上
自帶光亮與風
熔岩和結晶

我將能夠
參與其中嗎？
或者我其實
一直都在？

那豪奢的酒池肉林
那華彩流蕩的鼓點
清馨靡醉的旋律

# 度量單位

度量單位的改變
或許是病後開始的吧？

每天縈繞於腦海裡的
不再是截稿期限
本週待辦事項
而是這一生
還能做幾件事？

此刻的我是否全然
張開天線與觸鬚

朝向所來的方向
標註著我在宇宙間的位置

那是從一三八億年前而來的我
而不僅僅是寄居此身的
那個台灣女詩人

儘管對宇宙來說
我的位置是如此
驚人的渺小
我的一生是如此
驚人的短暫

但此刻
此刻
不斷流逝的此刻

我存在
我寫字
我的血和淚
仍然流動著
藉由那先於存在
而存在的光

・韋伯太空望遠鏡捕捉到歷來史上最清晰的影像，其中有一部分的光來自一三八億年前的大爆炸（Big Bang）之後不久的時期。

# 對永恆的理解

人是有根的
和草木相連

人四足著地
偶爾也能浴光飛行
穿過風的間隙

人既是雲的一部分
也和漫天塵沙一樣
重複沉落而又揚起

在每一個無法
重複的時刻

邪惡不足以破壞
善行亦無法使之
更加完整

更何況是
一首詩

# 永遠的遠

譬如曾經的這裡
變成了那裡

曾經看著眼睛
說過無數次的你
變成了他

曾經想問永遠
能有多遠如果
現在就是永遠

# 偶爾也該有人為電風扇寫一首詩

僅僅是一段落在電風扇面的朝陽
就為我們帶來了滿室奇光幻影秀
隨著轉動的扇葉流溢於四壁之間
光點忽而壯大絢爛忽而隱微渺小
有時是流金綴銀的萬花筒舞台燈
有時是溪石間閃耀的鱗光與碎沫
有時又成了幽谷深處的飄忽螢火
貓咪的眼珠子也追逐著光的動向
六座湖綠薄荷綠翡翠綠的天池上
雲來回擦拭鏡面而鷹鷲倒影盤旋

# 閃電默默綻放如煙花的夜晚

昨晚我在窗邊看到，一整個晚上，東南方天空默默地釋放著閃電——

每一次從我不明白的虛空之中猛然現出一段閃電——就照亮一朵雲。

它們的來處無法預測，其尺寸、光亮、顏色與力度，照亮或遮蔽的事物，也都不同。

閃電忽遠忽近，有時顯露，有時隱藏。

有時，雲的邊緣被描上銀框與金邊。
有時，各種顏色落在綿軟的雲層之上，彷彿彩虹果醬塗抹於吐司。
有時是在一朵雲的背後突然亮起，而在此一陰鬱雲朵的上方，整片天空燃燒了起來。
有時是在黑而厚重的雲層中間，挖開了一個燦爛明亮的洞穴，而在那洞穴之內，人影幢幢。

那些向著人間洶湧怒生的燦爛樹枝，有時也會露出它們的根系與土壤。
那或許是星空、逝者的墳場，或許是一座祕密的天堂正在開啟——旋即覆滅。
每一段閃電都完美而絕對，不猶豫、不閃躲、不重複，當然也沒有靈感枯竭的問題。

我睜圓了雙眼又合不攏嘴，無法停止讚歎，從站著看，到躺著看——到後來開著窗戶就睡著了。

・住淡水、八里期間，因地勢關係，雷雨到不了，因此我經常收看台北方向的落雷煙花秀。淡水古名「滬尾」，亦有「雨的尾巴」之意。

# 某種白目

一朵雲
從兩棟建築物之間
飄過

這情形
經常
隨時
都在發生

但是自從我們
戴上了眼鏡

學會了修辭
培養了審美觀
以後

我們就再也
看不到了
甚至就連
一朵雲
從兩棟建築物之間
飄過

「啊你看那是
幽浮
白色花椰菜
貓咪吃手收」

「飛機雲
卷層雲
雷爆雲」

「純潔的象徵
夢的居所
我們的來處
回不去的
遠方」

# 幸運的罪

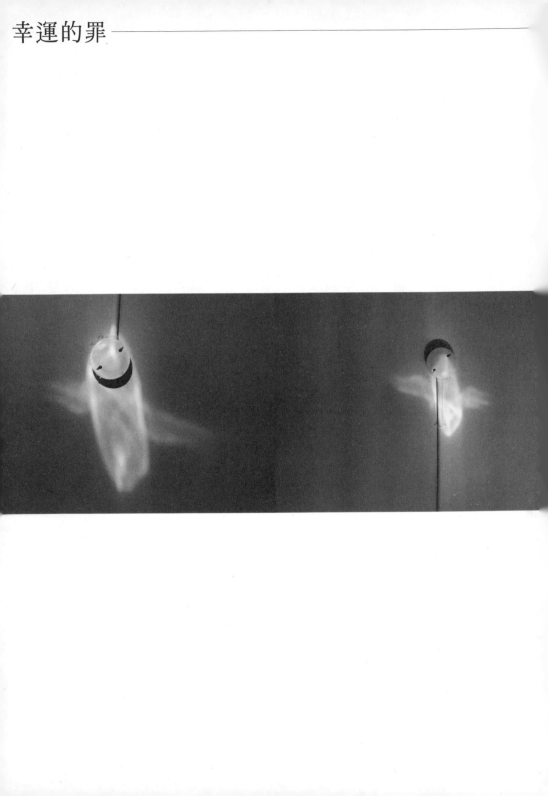

# 今天的雲

是霜降牛肉的油花
在奔跑

是天空中的鯨豚
無聲的浪花

蝶翼掀動了花香

是噴發中的
火山熔岩

從樹脂凝結
而成的琥珀

始祖鳥的飛翔

是偽裝的飛碟
母星捎來的問候

童年遺失的布偶

每一座含淚的湖泊
仰望的方向

是沙的流動
石的永恆

短暫開啟的
天堂之門

夢境逃生指南

是來和去
鑰匙和鎖
應答與祈求
旋轉的鼓點
移動的森林
貓腳印
踩著光

# 觀音／山

一座山
浮現

從水面
從夢中

一半是睡
一半是醒

一半是人
一半是佛

一半是音樂
一半是看
一半是月亮
母親和女兒
一半是貓的翻身
星光和漁火

# 想念河

以為是上輩子的回憶
卻只要兩個小時就能
回到這裡

當那熟悉的河
從腦海裡躍出於
車窗之外：
「我還有資格
回來嗎？」

觀音的側臉依舊

河面上跳動的光點依舊
我的眼底蓄積著別後
一千多個夜裡
星河倒影——

河包覆著我
以其難以察覺更新過的
氣味、溫度、聲音、蚊蚋
還有那反射自水面的
流虹與奔霧——

河和我身上全部的
水分子再次
合而為一的此刻
我就是河——

我的來處和去向是河
河的曾經與未來是我
而我會再回來的許諾
反問著其實
從未離開的我

於是觀音山
即是大屯山
還有那每日悄悄
移動落點的夕陽

那深深鐫刻於此的
每一道渡輪的波紋
蒼鷺的飛行路線
銀魚躍出於灑滿
月光的河——

別忘了還有那些
鑲著金邊的浮雲呢
浮雲如富貴
浮雲是貓

# 人肉翻譯機

隨時
它啟動自己
將眼前的一切
翻譯為魯鈍的我
所能接受與理解的

比如一隻
翅膀泥金的蜻蜓
驚動了滿地綠蔭
河面上的光點沒入水中
撫觸著底部的水蘊草

我感覺到從生命核心處
泉湧而出的什麼
（始終找不到
對應的文字）

畫中人物
凝視的方向
音符與音符之間的停頓
（不時造訪的夢中森林
已從夏末換成初秋）

我閉上眼睛
保持沉默
試圖尋回
在時間的最初
被寫下來的

# 第一個字

# 如風的窗花

你說風有沒有線條呢
如果要描繪風
可以用一片落葉
一對開展的翅翼
一只任意穿越快車道的
紅白條紋塑膠袋
風箏和風帆——

但如果是一股花香呢
如果是恰恰被朝陽
蒸發的露珠呢

在一束光中
旋舞的塵埃——

我們都是風的一部分

此刻擁有的感官
隨時背負的自我
也許阻礙了光的進行
在地表上
鑿下比一個人形
還要深的陰影

然而此刻
風不會繞過這一具
汗濕的身體
髮絲衣袖在此儀式裡

更加難以捉摸
它們忘我地
傳述一段禱詞——

以一種遙遠而
陌生的語言
將這無止盡向下
墜落的夢
視為飛行

# 在其中

無限逼近
某種秩序
井然的自由

比如葉脈複製了
微風中的水紋
滿天的雲曾經
為了一隻豹而停留

至於這段琴音呢
或許來自山脈被時間

雕鑿的軌跡吧

當你拋開屬人的意識
沒入宇宙的無邊
並且徜徉
其中

你能
多麼深入
怎樣刻骨

能
拋下多少
離開多遠
在重複的厭煩

# 與幸福之間
# 有隱藏的天使
# 並列的地獄

# Repeat signs

一個編制完整的管絃樂隊從熱烈
激昂的演奏之中逐漸靜默下來
屏息等候著第一個琴音
從所在之處
進來
的那一個
微妙剎那
落日觸地
第一顆星

顯現
從其
不在之處
光覆滅前諸色盤旋交纏
依靠其餘燼而明滅閃爍的夢裡
天體運行四季循環生命誕生繁衍

# 從未以及尚未

「是的，我認罪。」
是我親手將自己
一分為二
是我長久以來的呼求終於
得到了回答
（透過四壁間
唯一的那扇小窗）

那撞擊過宇宙邊緣
而又復返的回音
把我從最深的夢裡喚醒

「原來，我並非獨自一人。」

在我的枕上
有一首未完成的詩

在我的被上
曾經有更多然而現在
僅剩下三隻貓

（現實完整地複現了
我內在的風景）

在全然的寂靜與黑暗中
被切除的另一半
從遙遠的星系之外
回望著我

「然而，那是怎樣的
一種生命形態呀！」

閃光和雷電、黯黑的湧流
孤獨與自由——

「是的，我承認
那些從未以及尚未
發生的一切。」

# 世界的起源

1.

世界的起源
並非生命誕生
而是這裡

2.

不管經過多少年
每個雷雨的午後

我必然
回到這裡

3.

這裡的光
仍是新的
從每一顆露珠
顯現的世界
完整而明亮
細節歷歷
鉅細靡遺

4.

雨聲淅瀝的光中
菩提的新葉
是心型的
嫩紅的

寬闊的
葉片承接了一切
而那些細長得令人屏息的葉梢
在風中翻飛著
顫慄著
為了一顆即將墜滅的
雨珠

5.

高音藍
無調性白
木紋賦格與及
新綠之詠歎

6.

從每一寸土壤中細細
蒸發而出的水分子
飽含玫瑰花香
且保有了各自的
彩虹

7.

我時常回去探望的
那一位少年
被時間停止在
這裡

毋須分辨那是
結束或者開始
從海洋的盡頭
開啟了星空
穿過夢境的門之後
是另一個夢

8.

他未曾離開
這裡
同時他在
每一光影交界處
謄寫著那唯一的
你的名字

9.

音節始終
無法生成
文字也尚未
覓得形象

粗礪的樹皮
覆滿苔痕的磚牆
水紋流淌的泥地
既寫滿又留白的
你的名字

僅僅是光中的影
且從影子裡將自身
藏起

10.

藏得夠深嗎？
你曾如此詢問
彷彿這裡也是你

唯一的
藏身之處

11.

我這一生
兩手空空
僅僅依靠著你們
虛幻的你們
永恆的你們
支撐著我

帶領著我
一次又一次走過
每個雷雨的午後

# 回到這裡

國家圖書館出版品預行編目（CIP）資料｜幸運的罪／隱匿著. -- 初版. -- 新北市：堡壘文化有限公司雙囍出版：遠足文化事業股份有限公司發行，2024.05 ｜ 240 面；14.8×21 公分. --（雙囍文學；20）｜ ISBN：978-626-98431-9-0（平裝）｜ 863.51 ｜ 113005313

雙囍文學　20

**幸運的罪**

隱匿　著

堡壘文化有限公司　雙囍出版

總編輯：簡欣彥｜副總編輯：簡伯儒｜責任編輯：廖祿存

行銷企劃：曾羽彤｜裝幀設計：陳恩安｜內封繪圖：郭鑒予

出版：堡壘文化有限公司　雙囍出版｜發行：遠足文化事業股份有限公司（讀書共和國出版集團）｜地址：231 新北市新店區民權路 108-2 號 9 樓｜電話：02-22181417 ｜ Email：service@bookrep.com.tw ｜郵撥帳號：19504465 遠足文化事業股份有限公司｜網址：www.bookrep.com.tw ｜法律顧問：華洋法律事務所／蘇文生律師｜印製：中原造像股份有限公司｜初版 1 刷：2024 年 05 月｜定價：400 ｜ ISBN：978-626-98431-9-0 ｜ EISBN：978-626-98571-1-1（EPUB）／ 978-626-98571-0-4（PDF）

國｜藝｜會 NCAF 本書榮獲國藝會創作補助